Vaughan Public Libraries
Pierre Berton Resource Library
4921 Rutherford Road
Woodbridge, Ontario
L4L 1A6
905-653-READ
FEB 2 6 2009
33288083430506
D1173886

À tous mes proches du cœur.

A. R.

Pour ses illustrations Anne Romby a utilisé
des papiers artisanaux créés par Francine Villeneuve.
atelierpapier@club-internet.fr

Dans la même collection :

Aladin et la Lampe merveilleuse
Les Aventures de Tom Pouce
La Belle et la Bête
Les Chevaliers de la Table ronde
Cléopâtre reine d'Égypte
Les Douze Travaux d'Hercule
Les Fables de La Fontaine
Gargantua
La Légende de la ville d'Ys
Moby Dick
Peau d'Âne
La Reine de Saba
Le Roman de Renart
Sindbad le marin
Les Voyages de Gulliver
Les Voyages d'Ulysse

Loi 49-956 du 16 juillet 1949 sur les publications destinées à la jeunesse.

Dépôt légal : 4e trimestre 2007
ISBN : 978.2.7459.1134.6
Imprimé en Italie

La Belle et la Bête

Texte : Jeanne-Marie Leprince de Beaumont
Illustrations : Anne Romby

MILAN
jeunesse

Il y avait une fois un marchand qui était extrêmement riche. Il avait six enfants, trois garçons et trois filles, et comme ce marchand était un homme d'esprit, il n'épargna rien pour l'éducation de ses enfants et leur donna toutes sortes de maîtres.

Ses filles étaient très belles ; mais la cadette surtout se faisait admirer et on ne l'appelait, quand elle était petite, que la Belle Enfant ; en sorte que le nom lui en resta, ce qui donna beaucoup de jalousie à ses sœurs. Cette cadette, qui était plus belle que ses sœurs, était aussi meilleure qu'elles.

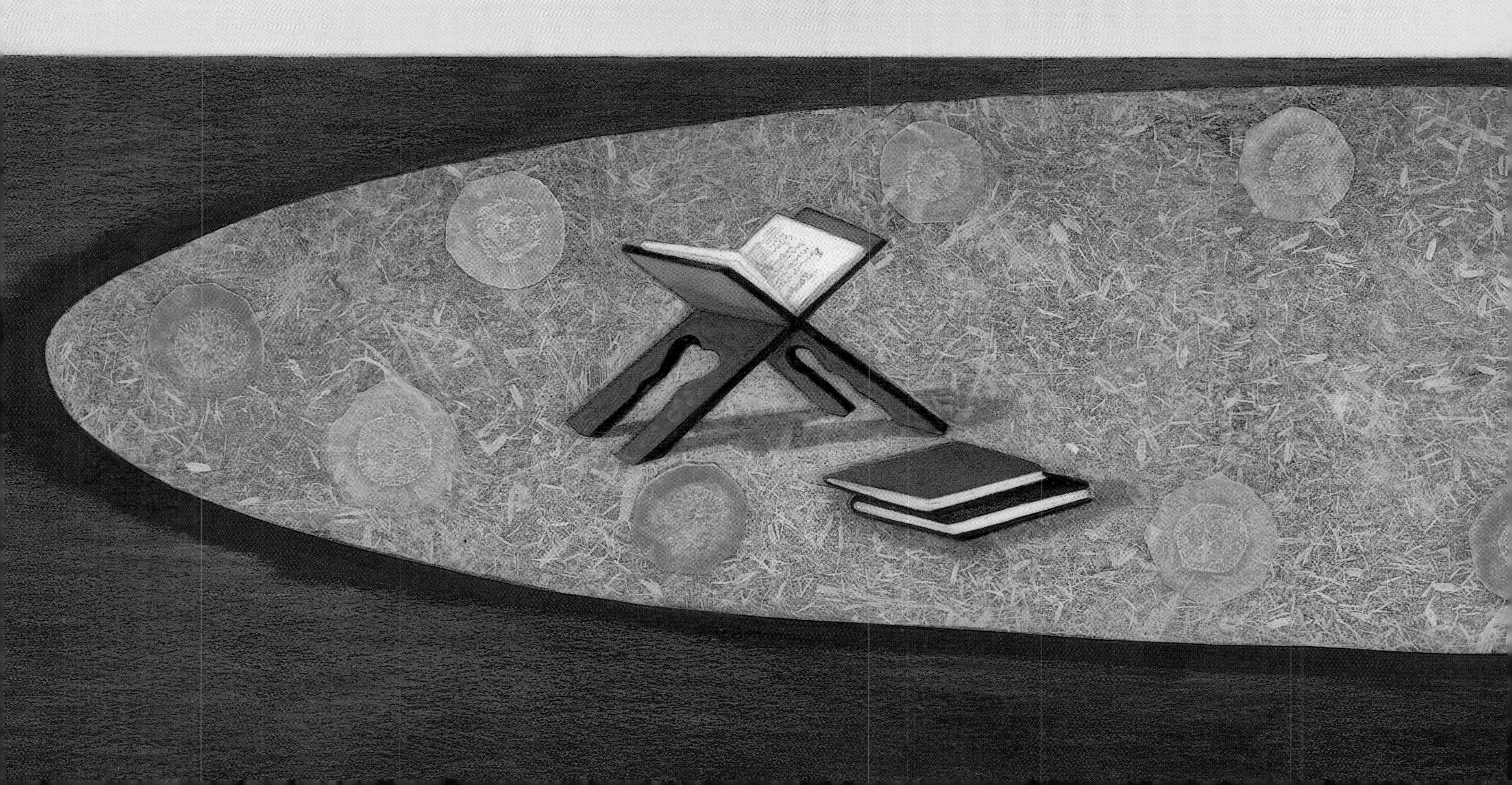

Les deux aînées avaient beaucoup d'orgueil parce qu'elles étaient riches : elles faisaient les dames, et ne voulaient pas recevoir les visites des autres filles de marchands. Elles allaient tous les jours au bal, à la comédie, à la promenade, et se moquaient de leur cadette, qui employait la plus grande partie de son temps à lire de bons livres.

Comme on savait que ces filles étaient fort riches, plusieurs gros marchands les demandèrent en mariage, mais les deux aînées répondirent qu'elles ne se marieraient jamais, à moins qu'elles ne trouvassent un duc, ou tout au moins un comte. La Belle remercia bien honnêtement ceux qui voulaient l'épouser ; mais elle leur dit qu'elle était trop jeune et qu'elle souhaitait tenir compagnie à son père pendant quelques années.

Tout à coup, le marchand perdit son bien et il ne lui resta qu'une petite maison de campagne, bien loin de la ville.
Il dit en pleurant à ses enfants qu'il leur fallait aller dans cette maison et qu'en travaillant comme des paysans, ils y pourraient vivre. Ses deux filles aînées répondirent qu'elles ne voulaient pas quitter la ville et qu'elles connaissaient des jeunes gens qui seraient trop heureux de les épouser, quoiqu'elles n'eussent plus de fortune. Ces demoiselles se trompaient : leurs amis ne voulurent plus les regarder quand elles furent pauvres. Comme personne ne les aimait, à cause de leur fierté, on disait : « Elles ne méritent pas qu'on les plaigne ! Nous sommes bien aise de voir leur orgueil abaissé : qu'elles aillent faire les dames en gardant les moutons ! »
Mais en même temps, tout le monde disait : « Pour la Belle, nous sommes bien fâchés de son malheur : c'est une si bonne fille ! Elle parlait aux pauvres gens avec tant de bonté ; elle était si douce, si honnête ! »
Il y eut même plusieurs gentilshommes qui voulurent l'épouser, quoiqu'elle n'eût pas un sou. Mais elle leur dit qu'elle ne pouvait se résoudre à abandonner son pauvre père dans son malheur, et qu'elle le suivrait à la campagne pour le consoler et l'aider à travailler.

Quand ils furent arrivés à leur maison de campagne, le marchand et ses trois fils s'occupèrent à labourer la terre. La Belle se levait à quatre heures du matin et se dépêchait de nettoyer la maison et de préparer à dîner pour la famille. Elle eut d'abord beaucoup de peine, car elle n'était pas habituée à travailler comme une servante ; mais, au bout de deux mois, elle devint plus forte et la fatigue lui donna une santé parfaite. Quand elle avait fait son ouvrage, elle lisait, jouait du clavecin, ou bien chantait en filant. Ses deux sœurs, au contraire, s'ennuyaient à mort ; elles se levaient à dix heures du matin, se promenaient toute la journée, et regrettaient leurs beaux habits et leurs amis.

— Voyez notre cadette, disaient-elles entre elles, elle est si stupide qu'elle se contente de sa malheureuse situation.

Le bon marchand ne pensait pas comme ses filles. Il savait que la Belle était plus propre que ses sœurs à briller en société. Il admirait la vertu de cette jeune fille et surtout sa patience ; car ses sœurs, non contentes de lui laisser faire tout l'ouvrage de la maison, l'insultaient à tout moment.

Il y avait un an que cette famille vivait dans la solitude, lorsque le marchand reçut une lettre par laquelle on lui annonçait qu'un vaisseau, sur lequel il avait des marchandises, venait d'arriver sans encombre. Cette nouvelle faillit faire tourner la tête à ses deux aînées qui pensaient qu'enfin elles pourraient quitter cette campagne où elles s'ennuyaient tant. Quand elles virent leur père près de partir, elles le prièrent de leur apporter des robes, des palatines, des coiffures, et toutes sortes de bagatelles. La Belle ne lui demandait rien, car elle pensait que tout l'argent des marchandises ne suffirait pas à acheter ce que ses sœurs souhaitaient.

— Tu ne me pries pas de t'acheter quelque chose ? lui demanda son père.

— Puisque vous avez la bonté de penser à moi, lui dit-elle, je vous prie de m'apporter une rose, car on n'en trouve point ici.

Ce n'est pas que la Belle se souciât d'une rose mais elle ne voulait pas condamner, par son exemple, la conduite de ses sœurs qui auraient dit que c'était pour se distinguer qu'elle ne demandait rien.

Le bonhomme partit. Mais quand il fut arrivé, on lui fit un procès pour ses marchandises. Et, après avoir eu beaucoup de peine, il revint aussi pauvre qu'il était auparavant.

Il n'avait plus que trente milles à parcourir avant d'arriver à sa maison et il se réjouissait déjà du plaisir de voir ses enfants. Mais, comme il fallait traverser un grand bois avant de trouver sa maison, il se perdit. Il neigeait horriblement ; le vent soufflait si fort qu'il le jeta deux fois à bas de son cheval. La nuit étant venue, il pensa qu'il mourrait de faim ou de froid ou qu'il serait mangé par des loups qu'il entendait hurler autour de lui.
Tout d'un coup, en regardant au bout d'une allée d'arbres, il vit une grande lumière, mais qui paraissait bien éloignée. Il marcha de ce côté-là et vit que cette lumière venait d'un grand palais, qui était tout illuminé.

Le marchand remercia Dieu du secours qu'il lui envoyait et se hâta d'arriver à ce château ; mais il fut bien surpris de ne trouver personne dans les cours. Son cheval qui le suivait, voyant une grande écurie ouverte, entra dedans ; ayant trouvé du foin et de l'avoine, le pauvre animal, qui mourait de faim, se jeta dessus avec beaucoup d'avidité. Le marchand l'attacha dans l'écurie et marcha vers la maison, où il ne trouva personne ; mais étant entré dans une grande salle, il y trouva un bon feu et une table chargée de viande, où il n'y avait qu'un couvert.

Comme la pluie et la neige l'avaient mouillé jusqu'aux os, il s'approcha du feu pour se sécher et disait en lui-même : « Le maître de la maison ou ses domestiques me pardonneront la liberté que j'ai prise, et sans doute qu'ils viendront bientôt. »

Il attendit pendant un temps considérable ; mais onze heures ayant sonné sans qu'il vît personne, il ne put résister à la faim et prit un poulet qu'il mangea en deux bouchées, et en tremblant. Il but aussi quelques coups de vin ; devenu plus hardi, il sortit de la salle et traversa plusieurs grands appartements magnifiquement meublés.

À la fin, il trouva une chambre où il y avait un bon lit et, comme il était minuit passé et qu'il était las, il prit le parti de fermer la porte et de se coucher.

Il était dix heures du matin quand il s'éveilla le lendemain et il fut bien surpris de trouver un habit fort propre à la place du sien qui était tout gâté. « Assurément, pensa-t-il, ce palais appartient à quelque bonne fée qui a eu pitié de ma situation. » Il regarda par la fenêtre et ne vit plus de neige, mais des berceaux de fleurs qui enchantaient la vue.
Il entra dans la grande salle où il avait soupé la veille et vit une petite table où il y avait du chocolat.
— Je vous remercie, madame la fée, dit-il tout haut, d'avoir eu la bonté de penser à mon déjeuner.
Le bonhomme, après avoir pris son chocolat, sortit pour aller chercher son cheval et, comme il passait sous un berceau de roses, il se souvint que la Belle lui en avait demandé, et cueillit une branche où il y en avait plusieurs.

À cet instant il entendit un grand bruit et vit venir à lui une bête si horrible qu'il fut tout près de s'évanouir.

— Vous êtes bien ingrat, lui dit la bête d'une voix terrible : je vous ai sauvé la vie en vous recevant dans mon château et, pour ma peine, vous me volez mes roses que j'aime mieux que toute chose au monde : il vous faut mourir pour réparer cette faute. Je vous donne un quart d'heure pour demander pardon à Dieu.

Le marchand se jeta à genoux et dit à la bête, en joignant les mains :

— Monseigneur, pardonnez-moi, je ne croyais pas vous offenser en cueillant une rose pour une de mes filles, qui m'en avait demandé.

— Je ne m'appelle point Monseigneur, répondit le monstre, mais la Bête. Je n'aime pas les compliments, moi, je veux qu'on dise ce qu'on pense ; ainsi ne croyez pas me toucher par vos flatteries. Mais vous m'avez dit que vous aviez des filles. Je veux bien vous pardonner, à condition qu'une de vos filles vienne volontairement pour mourir à votre place. Ne discutez pas, partez ! Et si vos filles refusent de mourir pour vous, jurez que vous reviendrez dans trois mois.

Le bonhomme n'avait dessein de sacrifier une de ses filles à ce vilain monstre ; mais il pensa : « Du moins j'aurai le plaisir de les embrasser encore une fois. » Il jura donc de revenir, et la Bête lui dit qu'il pourrait partir quand il voudrait.

— Mais, ajouta-t-elle, je ne veux pas que tu t'en ailles les mains vides. Retourne dans la chambre où tu as couché, tu y trouveras un grand coffre vide, tu pourras y mettre tout ce qui te plaira, je le ferai porter chez toi.

En même temps la Bête se retira et le bonhomme se dit : « S'il faut que je meure, j'aurai la consolation de laisser du pain à mes pauvres enfants. »

Il retourna dans la chambre où il avait couché ; ayant trouvé une grande quantité de pièces d'or, il remplit le coffre dont la Bête lui avait parlé, le referma et, ayant repris son cheval qu'il retrouva dans l'écurie, il sortit de ce palais avec une tristesse égale à la joie qu'il avait lorsqu'il y était entré. Son cheval prit de lui-même une des routes de la forêt et, en peu d'heures, le bonhomme arriva dans sa petite maison.

Ses enfants se rassemblèrent autour de lui ; mais, au lieu d'être sensible à leurs caresses, le marchand se mit à pleurer en les regardant. Il tenait à la main la branche de roses qu'il apportait à la Belle ; il la lui donna et lui dit :

— La Belle, prenez ces roses ! Elles coûtent bien cher à votre malheureux père.

Et, tout de suite, il raconta à sa famille la funeste aventure qui lui était arrivée.

À ce récit, ses deux aînées jetèrent de grands cris, et dirent des injures à la Belle, qui ne pleurait point.

— Voyez ce que produit l'orgueil de cette petite créature, disaient-elles. Que ne demande-t-elle des robes comme nous : mais non, mademoiselle voulait se distinguer ! Elle va causer la mort de notre père, et elle ne pleurera pas.

— Cela serait fort inutile, reprit la Belle : pourquoi pleurerais-je la mort de mon père ? Il ne périra point. Puisque le monstre veut bien accepter une de ses filles, je veux me livrer à toute sa furie et je me trouve fort heureuse puisqu'en mourant j'aurai la joie de sauver mon père et de lui prouver ma tendresse.

— Non, ma sœur, lui dirent ses trois frères, vous ne mourrez pas : nous irons trouver ce monstre, nous périrons sous ses coups si nous ne pouvons le tuer.

— Ne l'espérez pas, mes enfants ! leur dit le marchand. La puissance de la Bête est si grande qu'il ne me reste aucune espérance de la faire périr. Je suis charmé du bon cœur de la Belle, mais je ne veux pas l'exposer à la mort. Je suis vieux, il ne me reste que peu de temps à vivre ; ainsi je ne perdrai que quelques années de vie que je ne regrette qu'à cause de vous, mes chers enfants.

— Je vous assure, mon père, dit la Belle, que vous n'irez pas à ce palais sans moi : vous ne pouvez m'empêcher de vous suivre. Quoique je sois jeune, je ne suis pas fort attachée à la vie. Et j'aime mieux être dévorée par ce monstre que de mourir du chagrin que me donnerait votre perte.

On eut beau dire, la Belle voulut absolument partir pour le beau palais, et ses sœurs en étaient charmées parce que les vertus de cette cadette leur avaient inspiré beaucoup de jalousie.

Le marchand était si occupé à la douleur de perdre sa fille qu'il ne pensait pas au coffre qu'il avait rempli d'or ; mais aussitôt qu'il fut enfermé pour se coucher, il fut bien étonné de le trouver au pied de son lit.

Il résolut de ne point dire à ses enfants qu'il était devenu riche, parce que ses filles auraient voulu retourner à la ville et qu'il était résolu de mourir dans cette campagne, mais il confia ce secret à la Belle qui lui apprit qu'il était venu quelques gentilshommes pendant son absence, qu'il y en avait deux qui aimaient ses sœurs.

Elle pria son père de les marier ; car la Belle était si bonne qu'elle les aimait et leur pardonnait de tout son cœur le mal qu'elles lui avaient fait.

Ces méchantes filles se frottèrent les yeux avec un oignon pour pleurer lorsque la Belle partit avec son père ; mais ses frères pleuraient tout de bon aussi bien que le marchand. Il n'y avait que la Belle qui ne pleurait point parce qu'elle ne voulait pas augmenter leur douleur.

Le cheval prit la route du palais et, sur le soir, ils l'aperçurent illuminé comme la première fois. Le cheval alla tout seul à l'écurie et le bonhomme entra avec sa fille dans la grande salle où ils trouvèrent une table magnifiquement servie, avec deux couverts. Le marchand n'avait pas le cœur de manger, mais la Belle, s'efforçant de paraître tranquille, se mit à la table et le servit. Puis elle se dit en elle-même : « La Bête veut m'engraisser avant de me manger puisqu'elle me fait faire si bonne chère. »

Quand ils eurent soupé, ils entendirent un grand bruit. Le marchand dit adieu à sa pauvre fille en pleurant car il pensait que c'était la Bête. La Belle ne put s'empêcher de frémir en voyant cette horrible figure, mais elle se rassura de son mieux et, le monstre lui ayant demandé si c'était de bon cœur qu'elle était venue, elle lui dit en tremblant que oui.
— Vous êtes bien bonne, lui dit la Bête, et je vous suis bien obligé. Bonhomme, partez demain matin et ne vous avisez jamais de revenir ici. Adieu, la Belle !
— Adieu, la Bête, répondit-elle, et tout de suite le monstre se retira.
— Ah ! ma fille, dit le marchand en embrassant la Belle, je suis à demi mort de frayeur. Croyez-moi, laissez-moi ici.
— Non, mon père, lui dit la Belle avec fermeté, vous partirez demain matin et vous m'abandonnerez au secours du Ciel ; peut-être aura-t-il pitié de moi.
Ils allèrent se coucher et croyaient ne pas dormir de toute la nuit ; mais à peine furent-ils dans leur lit que leurs yeux se fermèrent.

Pendant son sommeil, la Belle vit une dame qui lui dit :

— Je suis contente de votre bon cœur, la Belle. La bonne action que vous faites, en donnant votre vie pour sauver celle de votre père, ne demeurera pas sans récompense.

La Belle, s'éveillant, raconta ce songe à son père et, quoiqu'il le consolât un peu, cela ne l'empêcha pas de jeter de grands cris quand il fallut se séparer de sa chère fille.

Lorsqu'il fut parti, la Belle s'assit dans la grande salle et se mit à pleurer aussi. Mais comme elle avait beaucoup de courage, elle se recommanda à Dieu et résolut de ne se point chagriner pour le peu de temps qu'elle avait à vivre car elle croyait fermement que la Bête la mangerait le soir. Elle résolut de se promener en attendant et de visiter ce si beau château. Elle ne pouvait s'empêcher d'en admirer la beauté. Mais elle fut bien surprise de trouver une porte sur laquelle il y avait écrit : Appartement de la Belle.

Elle ouvrit cette porte avec précipitation et fut éblouie de la magnificence qui y régnait. Mais ce qui frappa le plus sa vue fut une grande bibliothèque, un clavecin et plusieurs livres de musique. « On ne veut pas que je m'ennuie », dit-elle tout bas. Elle pensa ensuite : « Si je n'avais qu'un jour à demeurer ici, on ne m'aurait pas aussi bien pourvue. » Cette pensée ranima son courage.

Elle ouvrit la bibliothèque et vit un livre où il y avait écrit en lettres d'or : Souhaitez, commandez : vous êtes ici la reine et la maîtresse. « Hélas ! dit-elle en soupirant, je ne souhaite rien que de voir mon pauvre père et de savoir ce qu'il fait à présent. » Elle avait dit cela en elle-même.

Quelle fut sa surprise, en jetant les yeux sur un grand miroir, d'y voir sa maison où son père arrivait avec un visage extrêmement triste ! Ses sœurs venaient au-devant de lui et, malgré les grimaces qu'elles faisaient pour paraître affligées, la joie qu'elles avaient de la perte de leur sœur paraissait sur leur visage. Un moment après, tout cela disparut et la Belle ne put s'empêcher de penser que la Bête était bien complaisante et qu'elle n'avait rien à craindre.
À midi, elle trouva la table mise et, pendant son dîner, elle entendit un excellent concert, quoiqu'elle ne vît personne.

Le soir, comme elle allait se mettre à table, elle entendit le bruit que faisait la Bête et ne put s'empêcher de frémir.

— La Belle, lui dit ce monstre, voulez-vous bien que je vous voie souper ?

— Vous êtes le maître, répondit la Belle en tremblant.

— Non, reprit la Bête, il n'y a ici de maîtresse que vous. Vous n'avez qu'à me dire de m'en aller si je vous ennuie ; je sortirai tout de suite. Dites-moi, n'est-ce pas que vous me trouvez bien laid ?

— Cela est vrai, dit la Belle, car je ne sais pas mentir ; mais je crois que vous êtes fort bon.

— Vous avez raison, dit le monstre. Mais outre que je suis laid, je n'ai point d'esprit : je sais que je ne suis qu'une bête.

— On n'est pas bête, reprit la Belle, quand on croit n'avoir point d'esprit. Un sot n'a jamais su cela.

— Mangez, la Belle, dit le monstre, et tâchez de ne point vous ennuyer dans votre maison car tout ceci est à vous, et j'aurais du chagrin si vous n'étiez pas contente.

— Vous avez bien de la bonté, dit la Belle. Je vous assure que je suis contente de votre cœur. Quand j'y pense, vous ne me paraissez plus si laid.

— Oh ! dame, oui ! répondit la Bête. J'ai le cœur bon, mais je suis un monstre.

— Il y a bien des hommes qui sont plus monstres que vous, dit la Belle, et je vous aime mieux avec votre figure que ceux qui, avec la figure d'homme, cachent un cœur faux, corrompu, ingrat.

— Si j'avais de l'esprit, reprit la Bête, je vous ferais un grand compliment pour vous remercier ; mais je suis un stupide, et tout ce que je puis vous dire, c'est que je vous suis bien obligé.

La Belle soupa de bon appétit. Elle n'avait presque plus peur du monstre, mais elle manqua de mourir de frayeur lorsqu'il lui dit :

— La Belle, voulez-vous être ma femme ?

Elle fut quelque temps sans répondre : elle avait peur d'exciter la colère du monstre en refusant sa proposition. Elle lui dit enfin en tremblant :

— Non, la Bête.

Dans le moment, ce pauvre monstre voulut soupirer et il fit un sifflement si épouvantable que tout le palais en retentit ; mais la Belle fut bientôt rassurée, car la Bête, lui ayant dit tristement « Adieu donc, la Belle », sortit de la chambre en se retournant de temps en temps pour la regarder encore.

La Belle, se voyant seule, sentit une grande compassion pour cette pauvre Bête. « Hélas ! disait-elle, c'est bien dommage qu'elle soit si laide, elle est si bonne ! »

La Belle passa trois mois dans ce palais avec assez de tranquillité. Tous les soirs, la Bête lui rendait visite et parlait avec elle pendant le souper avec assez de bon sens, mais jamais avec ce qu'on appelle esprit dans le monde. Chaque jour, la Belle découvrait de nouvelles bontés dans ce monstre : l'habitude de le voir l'avait accoutumée à sa laideur et, loin de craindre le moment de sa visite, elle regardait souvent sa montre pour voir s'il était bientôt neuf heures, car la Bête ne manquait jamais de venir à cette heure-là.

Il n'y avait qu'une chose qui faisait de la peine à la Belle, c'est que le monstre, avant de se coucher, lui demandait toujours si elle voulait être sa femme et paraissait pénétré de douleur lorsqu'elle lui disait que non. Elle lui dit un jour :
— Vous me chagrinez, la Bête ! Je voudrais pouvoir vous épouser, mais je suis trop sincère pour vous faire croire que cela arrivera jamais : je serai toujours votre amie ; tâchez de vous contenter de cela.
— Il faut bien, reprit la Bête. Je me rends justice ! Je sais que je suis horrible ; mais je vous aime beaucoup. Aussi, je suis trop heureux de ce que vous vouliez bien rester ici. Promettez-moi que vous ne me quitterez jamais !
La Belle rougit à ces paroles. Elle avait vu, dans son miroir, que son père était malade de chagrin de l'avoir perdue et elle souhaitait le revoir.
— Je pourrais bien vous promettre de ne vous jamais quitter tout à fait, mais j'ai tant envie de revoir mon père que je mourrai de douleur si vous me refusez ce plaisir.
— J'aime mieux mourir moi-même, dit le monstre, que de vous donner du chagrin. Je vous enverrai chez votre père, vous y resterez, et votre Bête en mourra de douleur.
— Non, lui dit la Belle en pleurant, je vous aime trop pour vouloir causer votre mort. Je vous promets de revenir dans huit jours. Vous m'avez fait voir que mes sœurs sont mariées et que mes frères sont partis pour l'armée. Mon père est tout seul : acceptez que je reste chez lui une semaine.
— Vous y serez demain au matin, dit la Bête. Mais souvenez-vous de votre promesse : vous n'aurez qu'à mettre votre bague sur une table en vous couchant quand vous voudrez revenir. Adieu, la Belle !
La Bête soupira, selon sa coutume, en disant ces mots, et la Belle se coucha, toute triste de l'avoir affligée.

Quand elle se réveilla, le matin, elle se trouva dans la maison de son père et, ayant sonné une clochette qui était à côté du lit, elle vit venir la servante qui poussa un grand cri en la voyant.
Le bonhomme accourut à ce cri et manqua de mourir de joie en revoyant sa chère fille, et ils se tinrent embrassés plus d'un quart d'heure.

La Belle, après les premiers transports, pensa qu'elle n'avait point d'habits pour se lever, mais la servante lui dit qu'elle venait de trouver dans la chambre voisine un coffre plein de robes d'or, garnies de diamants. La Belle remercia la bonne Bête de ses intentions. Elle prit la moins riche de ces robes et dit à la servante de ranger les autres dont elle voulait faire présent à ses sœurs. Mais à peine eut-elle prononcé ces paroles que le coffre disparut. Son père lui dit que la Bête voulait qu'elle gardât tout cela pour elle, et aussitôt les robes et le coffre revinrent à la même place.

La Belle s'habilla et, pendant ce temps, on alla avertir ses sœurs qui accoururent avec leurs maris. Elles étaient toutes deux fort malheureuses. L'aînée avait épousé un jeune gentilhomme beau comme l'Amour ; mais il était si amoureux de sa propre figure qu'il n'était occupé que de cela depuis le matin jusqu'au soir. La seconde avait épousé un homme qui avait beaucoup d'esprit, mais il ne s'en servait que pour faire enrager tout le monde, à commencer par sa femme. Les sœurs de la Belle manquèrent mourir de douleur quand elles la virent habillée comme une princesse, et plus belle que le jour. Rien ne put étouffer leur jalousie, qui augmenta lorsque la Belle leur eut conté combien elle était heureuse.

Ces deux jalouses descendirent dans le jardin pour y pleurer tout à leur aise et elles se disaient :
— Pourquoi cette petite créature est-elle plus heureuse que nous ? Ne sommes-nous pas plus aimables qu'elle ?
— Ma sœur, dit l'aînée, il me vient une pensée ! Tâchons de l'arrêter ici plus de huit jours : sa sotte de Bête se mettra en colère de ce qu'elle lui aura manqué de parole et peut-être qu'elle la dévorera.
— Vous avez raison, ma sœur, répondit l'autre. Nous ferons tout pour la retenir ici.

Et, ayant pris cette résolution, elles remontèrent et firent tant d'amitié à leur sœur que la Belle en pleura de joie.
Quand les huit jours furent passés, les deux sœurs s'arrachèrent les cheveux, feignirent tellement d'être affligées de son départ que la Belle promit de rester encore huit jours.
Cependant la Belle se reprochait le chagrin qu'elle allait donner à sa pauvre Bête qu'elle aimait de tout son cœur. Elle s'ennuyait aussi de ne plus la voir. La dixième nuit qu'elle passa chez son père, elle rêva qu'elle était dans le jardin du palais et qu'elle voyait la Bête couchée sur l'herbe, et prête à mourir, qui lui reprochait son ingratitude.
La Belle se réveilla en sursaut et versa des larmes. « Ne suis-je pas bien méchante, dit-elle, de donner du chagrin à une bête qui a pour moi tant de complaisance ! Est-ce sa faute si elle est si laide ? et si elle a peu d'esprit ? Elle est bonne, cela vaut mieux que tout le reste. Pourquoi n'ai-je pas voulu l'épouser ? Je serais plus heureuse avec elle que mes sœurs avec leurs maris. Ce n'est ni la beauté ni l'esprit d'un mari qui rendent une femme contente, c'est la bonté du caractère, la vertu, et la Bête a toutes ces bonnes qualités. Je n'ai point d'amour pour elle, mais j'ai de l'estime, de l'amitié et de la reconnaissance. Allons, il ne faut pas la rendre malheureuse ! Je me reprocherais toute ma vie mon ingratitude. »

À ces mots, la Belle se lève, met sa bague sur la table et revient se coucher. À peine fut-elle dans son lit qu'elle s'endormit. Quand elle se réveilla, le matin, elle vit avec joie qu'elle était dans le palais de la Bête. Elle s'habilla magnifiquement pour lui plaire et s'ennuya à mourir toute la journée, en attendant neuf heures du soir ; mais l'horloge eut beau sonner, la Bête ne parut point.

La Belle alors craignit d'avoir causé sa mort. Elle courut tout le palais en jetant de grands cris ; elle était au désespoir. Après avoir cherché partout, elle se souvint de son rêve et courut dans le jardin vers le canal où elle l'avait vue en dormant. Elle trouva la pauvre Bête étendue, sans connaissance, et crut qu'elle était morte. Elle se jeta sur son corps sans avoir horreur de sa figure et, sentant que son cœur battait encore, elle prit de l'eau dans le canal et lui en jeta sur la tête.

La Bête ouvrit les yeux et dit à la Belle :

— Vous avez oublié votre promesse ! Le chagrin de vous avoir perdue m'a fait résoudre à me laisser mourir de faim ; mais je meurs content puisque j'ai le plaisir de vous revoir encore une fois.

— Non, ma chère Bête, vous ne mourrez point ! lui dit la Belle. Vous vivrez pour devenir mon époux. Dès ce moment, je vous donne ma main et je jure que je ne serai qu'à vous. Hélas ! je croyais n'avoir que de l'amitié pour vous mais la douleur que je sens me fait voir que je ne pourrais vivre sans vous voir.

À peine la Belle eut-elle prononcé ces paroles qu'elle vit le château brillant de lumière. Les feux d'artifice, la musique, tout lui annonçait une fête ; mais toutes ces beautés n'arrêtèrent point sa vue. Elle se retourna vers sa chère Bête dont l'état faisait frémir. Quelle ne fut pas sa surprise ? La Bête avait disparu, et elle ne vit plus à ses pieds qu'un prince plus beau que l'Amour, qui la remerciait d'avoir rompu son enchantement.

Quoique ce prince méritât toute son attention, elle ne put s'empêcher de lui demander où était la Bête.

— Vous la voyez à vos pieds, lui dit le prince. Une méchante fée m'avait condamné à rester sous cette figure jusqu'à ce qu'une belle fille consentît à m'épouser, et elle m'avait défendu de faire paraître mon esprit. Ainsi il n'y avait que vous dans le monde pour vous laisser toucher par la bonté de mon caractère : en vous offrant ma couronne, je ne puis m'acquitter des obligations que j'ai pour vous.

La Belle, agréablement surprise, donna la main à ce beau prince pour le relever. Ils allèrent ensemble au château et la Belle manqua de mourir de joie en trouvant, dans la grand-salle, son père et toute sa famille, que la belle dame qui lui était apparue en songe avait transportés au château.

— La Belle, lui dit cette dame, qui était une grande fée, venez recevoir la récompense de votre bon choix : vous avez préféré la vertu à la beauté et à l'esprit. Vous méritez de trouver toutes ces qualités réunies en une même personne. Vous allez devenir une grande reine : j'espère que le trône ne détruira pas vos vertus. Pour vous, mesdemoiselles, dit la fée aux deux sœurs de la Belle, je connais votre cœur et toutes les malices qu'il renferme. Devenez deux statues, mais conservez toute votre raison sous la pierre qui vous enveloppera. Vous demeurerez à la porte du palais de votre sœur, et je ne vous impose point d'autre peine que d'être témoins de son bonheur. Vous ne pourrez revenir dans votre premier état qu'au moment où vous reconnaîtrez vos fautes. Mais j'ai peur que vous restiez toujours statues. On se corrige de l'orgueil, de la colère, de la gourmandise et de la paresse, mais c'est une espèce de miracle que la conversion d'un cœur méchant et envieux.

Dans le moment, la fée donna un coup de baguette qui transporta tous ceux qui étaient dans cette salle dans le royaume du prince. Ses sujets le virent avec joie et il épousa la Belle, qui vécut avec lui fort longtemps, et dans un bonheur parfait, parce qu'il était fondé sur la vertu.